Carl von Vincenti

# Die Ehe im Islam

Antigonos

**Carl von Vincenti**

# Die Ehe im Islam

Unveränderter Nachdruck der Originalausgabe von 1876.

1. Auflage 2024   |   ISBN: 978-3-38644-280-0

Antigonos Verlag ist ein Imprint der Outlook Verlagsgesellschaft mbH.

Verlag: Outlook Verlag GmbH, Zeilweg 44, 60439 Frankfurt, Deutschland info@outlook-verlag.de
Vertretungsberechtigt: E. Roepke, Zeilweg 44, 60439 Frankfurt, Deutschland
Druck: Libri Plureos GmbH, Friedensallee 273, 22763 Hamburg, Deutschland

# DIE

# EHE IM ISLAM.

VON

## C. VON VINCENTI.

WIEN, 1876.

VERLAG VON FAESY & FRICK
K. K. HOFBUCHHANDLUNG
27 GRABEN 27.

# Die Ehe im Islam.

Der Orient war von jeher die ausgiebigste Fundgrube
für pikantisirende Wanderschreiber, die beste Maskenleih-
anstalt für literarischen Mummenschanz. Jene sonnigen
Länder galten lange als das Eldorado der Ehemänner, welche
wir um ihre goldenen Frauenkäfige beneideten, während
unsere Damen jene reizenden Gefangenen meist über Gebühr
beklagten. Heute zerfliessen jene romantischen Nebel und
klären sich jene lockenden Irrthümer, welche die schreib-
selige Leichtgläubigkeit in das moslemitische Eheleben
hineingefabelt. Das Geheimniss des Harems ist trotz
des Schleiers entschleiert und wir haben die Ueberzeugung
gewonnen, dass das moslemitische Gesetz die Frau keineswegs zur Sclavin des Mannes erniedrigt, sie demselben
keineswegs als vornehmstes Besitzobject recht- und willen-
los preisgibt. Der Koran, welcher die Frau die „Herrlichkeit"
des Mannes nennt, behandelt dieselbe im Ganzen besser als
der Talmud; die freigeborene Moslemitin erwirbt und besitzt
persönlich auch unabhängig von ihrem Eheherrn, und erscheint ihr Erbrecht gegenüber den männlichen Miterben auch
beschränkt, so ist es billig, darauf hinzuweisen, dass vor
dem Islam das arabische Weib vollkommen leer ausging,
wenn waffentragende Erben vorhanden waren. Auch ver-
sagt der Prophet dem Weibe nicht den Besuch der Heilig-
thümer, wie dies der jüdische Gesetzgeber gethan, und
wenn im Allgemeinen der Gebrauch im Interesse der un-
gestörten Andacht der Rechtgläubigen die Frauen nicht
sonderlich gerne in den Moscheen sieht, so ist dies Miss-
trauen gewiss nicht schlimmer, als jenes, welches das
päpstliche Christenthum zur Einsetzung des Priestercölibates
veranlasst hat, denn dort wie hier handelt sich's ja um
die eingestandene Schwäche des Mannes dem mächtigen

*

Einflusse des Weibes gegenüber. Gibt nun auch Mohammed, gerade so wie der Apostel Paulus, dem Manne Gewalt über die Frau, so ist dies hauptsächlich auch in dem Sinne, dass der Mann für die Existenz seiner Frau verantwortlich gemacht wird, indem er dieselbe von vorneherein vollkommen sicher stellen muss. Wir, im Gegentheil, lassen uns für die Macht, welche wir über unsere Ehefrauen ausüben, durch die Mitgift möglichst gut bezahlen. Wenn es also auf Erden ein Paradies für eines der beiden Geschlechter gibt, so ist vielleicht Nordamerika ein Frauenparadies, aber so viel ist gewiss, dass der moslemitische Orient- kein Paradies für Männer genannt werden kann.

Das Christenthum hat die Achtung vor dem Weibe keineswegs erst in die Welt gebracht, es war vielmehr bekanntlich einem christlichen Concile vorbehalten, gewissermassen die Seele des Weibes anzuzweifeln. Das Weib und die Ehe stehen bereits hochgeachtet in den meisten alten Religionen des Ostens da. Die indische Bibel Manu's sagt, dass ein Haus, wo es den Frauen wohlergeht, im Schutze der Gottheit stehe, und dass ein Haus, wo die Frauen ihr Loos verfluchen, zu Grunde gehe. Und aus demselben heiligen Buche voll wunderbarster humanitärer Milde sind uns die schönen Worte überkommen, dass Mann und Weib eine Person ausmachen und der Mann erst in Weib und Kind wahrhaft zum Manne werde. So preist auch die Zend-Avesta, das Gesetzbuch der Feuerdiener, die Ehe als Brücke, welche zum Himmel führt, und sagt selbst der alte Frauenkenner Salomo, dass, wer eine würdige Frau gefunden, vom Ewigen die höchste Gunst erhalten habe. Und so sprach ein bekanntlich vielbeweibter Weiser.

Wir wissen, dass das Christenthum die polygamischen Zustände, welche es vorgefunden, nicht sogleich verdammte, der heilige Hieronymus hat sich darüber deutlich genug ausgesprochen. Wir wissen auch, dass die merowingischen Könige Frauen nach Belieben nahmen und verstiessen, und Karl der Grosse einen Harem trotz einem Grosssultane hielt, was besagten Herrscher bekanntlich nicht verhinderte, sich in Rom zum allerchristlichsten Kaiser krönen zu lassen.

Der Prophet von Arabien fand aber bei seinem Volke geschlechtsgemeinschaftliche Zustände vor, welche, zum

Theil weit schlimmer geartet als die Polygamie, die Araber
geradezu decimirten. Es war dies nämlich neben der Viel-
weiberei, und dieselbe sogar überwuchernd, die Viel-
männerei in vollster Blüthe, also ein Zustand, welcher noch
verheerender auf die Vermehrung des ohnehin spärlich
gesäeten Volkes wirken musste als die polygamische Licenz.
Die arabischen Frauen eilten mittelst der Scheidung in
kaum beschränktem Wechsel von Flitterwochen zu Flitterwochen. Ihre Scheidungsform war höchst einfach und
vollzog sich bei den Wanderstämmen sozusagen still-
schweigend, indem die scheidelustige Frau den Eingang
ihres Zeltes verlegte, woraus der Mann, welcher den
Eingang nicht an der gewohnten Stelle vorfand, sofort
seine Verstossung erkannte. Umm Kharidschah, eine
vornehme Frau aus jemenitischem Blute, hat es durch
solche Unbeständigkeit zu einer gewissen Berühmtheit gebracht. Trotz dieser Unsitte waren die vorislamitischen
Araberinnen bezüglich ihrer Geschlechtsehre sehr empfind-
lich. Imlyk, der Tasmidenkönig, welcher sich das Recht
der ersten Nacht bei den dschadisidischen Frauen ange-
masst, fand dabei seinen Tod, und selbst einfache Ver-
letzungen des Schleiergeheimnisses hatten blutige Stammes-
fehden zur Folge. Die Heiraten wurden mit nur lockeren
Banden geschürzt, und zwar nicht selten auf Zeit, von
einer halben Stunde bis auf 99 Mondjahre, wo dann blos
die Dauer der Ehe sowie eine Morgengabe stipulirt und
die Trauungsformel durch den Stammesrichter ausgesprochen ward. Eine ähnliche Art von zeitweiliger Ehe-
schliessung besteht, nebenbei gesagt, heute noch in Persien.

Vor dem Islam finden wir die arabische Frau dem
Manne an Geist und socialem Einflusse sozusagen eben-
bürtig, nicht selten sogar überlegen. Viele von ihnen,
die ebenso schönen Leibes als witziger Zunge gewesen
sein sollen, leben im Wüstenliede fort, wie Sohr, die Tochter
des Fabulisten Lokman, wie Amrah, die Tochter Amir's
des Gerechten. Nicht selten nahmen auch die Häuptlinge
in schwierigen Fällen ihre Zuflucht zu weiblichen Ent-
scheidungen, und wer auf's Freien ging, zog bisweilen den
Witz der Schönheit vor. So heiratete Imriolkais, der un-
sterbliche Wüstenrhapsode, jener gefährlichste aller Poeten,
welchen der eifersüchtige Prophet den „Bannerträger der

Hölle" genannt, ein Mädchen vom Fleck weg, weil es ihn
durch eine scharfsinnige Räthsellösung entzückt hatte, und
oft wurden die Ehen erst nach einem Witzduell zwischen
den künftigen Gatten geschlossen, in welchem beide Theile
die herrliche, an Wortspielen und schlagenden Wendungen
so reiche Muttersprache als feingeschliffene, blitzende Waffe
mit einer Virtuosität zu handhaben wussten, die selbst
von den grossen Redegelehrten Ibn Khalid und Zamakschari
niemals erreicht worden ist.

Es ist kein Zweifel, dass dieser geistige Einfluss der
arabischen Frauen ohne die grosse Freiheit, welche
sie genossen, unmöglich gewesen wäre. Als deshalb
der Koran diese Freiheit beschränkte, musste allerdings
der geistige Werth der Frauen zum Theil verloren
gehen und ihr freier Einfluss zur Haremsintrigue zu-
sammenschrumpfen. Als Aequivalent bot den Frauen der
neue Glaube gesetzlichen Schutz in der Familie und gesetz-
liche Wahrung ihrer Rechte gegenüber den Ehemännern.
Denn wenn auch einerseits das Buch der Bücher dem
Manne Vieles erlaubte, so hat es dies andererseits mit un-
leugbarem, moralpolitischem Billigkeitsgefühle wieder zu
beschränken gewusst.

Mit dem Islam stehen wir also auf dem Boden der
Polygamie als einer eigentlichen staatsrechtlich aus-
gebildeten Institution. Hier möchte ich Einiges
voranschicken, um etwaigen sittlich-empfindelnden Bedenken,
die bei einem so heiklen Vorwurf immerhin auftauchen
mögen, zu begegnen. Ich möchte daran erinnern, dass bei
uns die Polygamie in gewissem Sinne auf leichteren Füssen
einhergeht als im moslemitischen Oriente, wo dieselbe
heute in jedem Sinne beiweitem als Ausnahmszustand
erscheint, ich könnte sagen, fast gerade so wie bei
uns die Einweiberei, doch ich will nicht boshaft sein.
Unser Ehegesetz ist allerdings streng, aber unsere Sitte
umgeht die unbequeme Festung, während im Islam das
religiöse Gesetz eine gewisse Toleranz zeigt, deren Genuss
jedoch durch den allmächtigen Gebrauch — und welcher
nur halbwegs mit dem Orient Vertraute kennt diese All-
macht nicht? — auf das Nachdrücklichste erschwert wird.
Neuere statistische Schätzungen, soweit solche allerdings
in islamitischen Ländern möglich sind, geben die Anzahl

der dort in der Polygamie lebenden Männer auf etwa 30 bis 35 von tausend an, worunter wieder nur der dritte Theil, also etwa ein Mann auf hundert, sich im Besitze von mehr als zwei Ehefrauen befinden soll. Man sieht also, die polygamische Ehe als solche, obwohl darin die weiblichen Geburten die männlichen überwiegen, ist es nicht gerade, welche den socialen Körper der Islamsvölker zerstört, es sind vielmehr andere Factoren, unter welchen sowohl die allzu frühzeitige Vollziehung der Ehe, als deren allzu leichte Lösbarkeit überhaupt eine hervorragende Rolle spielen.

Wenn nun auch den Moslems die eheliche Gemeinschaft weniger als ein von der Natur vorgezeichneter Veredelungsweg für den Menschen denn als ein letzter Naturzweck erscheint, wenn auch in der islamitischen Ehe der sittliche Werth des Weibes weniger zur Erscheinung und Geltung gelangen mag, als des Weibes Geschlechtsbestimmung, so zeigt es doch immerhin von entschiedener Unkenntniss orientalischer Lebensverhältnisse, will man der Ehe im Islam jede ethische Bedeutung absprechen. Die moslemitische Sitte schätzt in der Frau entschieden mehr als das Geschlecht, und ist auch der Verkehr derselben nach Aussen gewissen Beschränkungen unterworfen, so bleibt sie im Innern doch weit mehr als ein Hausmöbel oder eine decorative Existenz, zu welch' letzterer sich übrigens auch gar manche christliche Frau bekennt.

Der Stifter des Islams hatte zunächst die Vermehrung seiner Völker im Auge, daher einerseits seine Nachsicht für die folgenreichen Fehltritte unverheirateter Frauen, andererseits seine Erhebung der Ehe zum religiös-politischen Dogma, was so ziemlich der Einsetzung einer Zwangsehe gleichkommt, von welcher Niemand sich ferne zu halten das Recht hatte.

„Verheiratet Euch," sprach er, „vervielfältiget Euch, denn, am Tage des Gerichtes werde ich mich in der Menge meiner Völker verherrlichen."

Und dann rief der Poet des Korans wieder:

„Ich habe die Heirat ausgeübt, und wer nicht meinem Beispiel folgt, ist nicht von den Meinen."

Und in der That, Mohammed, der Gottgeliebte, hatte

sich in dieser Hinsicht ein gutes Beispiel sehr angelegen sein lassen und nicht weniger als 15 Frauen heimgeführt, um sich, wie er selber eingestand, für die Mühsal des Prophetenthums zu entschädigen. Unter diesen rechtmässigen Gattinnen, mit denen noch eine erkleckliche Anzahl von Nebenfrauen in Kauf zu nehmen sind, heiratete er nur eine einzige, nämlich Aischa, als Jungfrau, alle übrigen als Witwen oder geschiedene Frauen. Aischa, die Tochter Abu-Bekr's, ward ihm in ihrem siebenten Jahre angelobt, und drei Jahre später angetraut. Sie brachte noch ihr Spielzeug mit in's Haus und der grosse Mohammed nahm Theil an ihrem Spiel.

Sie war feinfühlig, gebildet, besass ein schönes Koran-Exemplar und wusste die Gedichte des feurigen Lebid auswendig. Sie starb in Medine und ward unter die heiligen Frauen des Islams versetzt, was übrigens die Schiiten, bekanntlich die Schismatiker des Islams in Persien und Indien, nicht verhindert, diese Prophetenfrau eines Abenteuers halber, worin eine Gebetschnur aus Darfur-Onyxen die Rolle des Taschentuches Desdemonens spielt, der Untreue zu verdächtigen. Gegen solche Verleumdung fulminirt jedoch der eilfte Vers der 24. Koransure.

Die erste Frau Mohammed's, bedeutend älter als er selbst, war die reiche Wittib und Flachshändlerin Kadidscha, welche er noch als Handlungsdiener freite. Sie lebte 24 Jahre mit ihm, nahm grossen Einfluss auf seine göttliche Sendung und schenkte ihm acht Kinder, wovon indess nur seine Lieblingstochter Fatma, die Gemalin des Khalifen Ali, berühmt geworden ist. Nach diesen beiden hervorragenden Prophetengattinnen nenne ich noch die ernste, fromme, mildthätige Zeinab, die anmuthige Hafsa, Omar's Tochter, die schöne, kinderreiche Witwe Omm Salama, die heitere, graziöse Dschowaridscha, die beiden kriegsgefangenen Jüdinnen Raihana und Safija aus Chaibar, Letztere die schönste Frau Mohammed's und das vornehmste Beutestück aus der geplünderten Judenstadt, sodann Asma, aus dem Königsblut der Kinditen, und endlich Miriem, die Koptin, die dem Propheten einen Sohn gebar. Aus all' diesen Ehelagern blieb jedoch dem Vielbeweibten kein männlicher Spross am Leben.

Das grosse Prophetenbeispiel verfehlte seine Wirkung

nicht, und heute noch steht bei den Bekennern des Islams nichts in schlechterem Rufe als das Cölibat, ja der bescheidenst beweibte Mann hat mehr Verdienst vor der Gottheit als der gebeteifrigste Hagestolz, der sich zwar keines eigentlichen Verbrechens, doch der tadelnswerthesten aller Unterlassungen schuldig macht und welchem deshalb der weise Meidani zuruft: „Nimm lieber ein Weib aus Holz, als gar keines." Es sprechen denn auch die weitaus meisten Dichter des Islams der Ehe das grosse Wort, und abgesagte Ehefeinde, wie der persische Elegiker Enweri, welcher das Weib das verfinsternde Gewölk am Himmel des Mannes nennt, oder der moderne türkische Lyriker Mir Fazil (18. Jahrh.), welchem die Heirat als das grösste Unglück erscheint, stehen äusserst vereinzelt da.

Wir werden also in's Auge zu fassen haben: vorerst die Schliessung der Ehe bei den Muhamedanern, sodann das eheliche Leben und endlich die Lösung der Ehe.

„Vermälet Euch frühe, die Heirat bändigt den Blick des Mannes und zügelt das Betragen der Frau," so heisst es in der „Sunna", das ist dem Buche der Ueberlieferungen. Die moslemitischen Mütter, die einen Sohn von 15 und eine Tochter von 9 bis 10 Jahren besitzen, haben denn auch weder Tag noch Nacht Ruhe, bis dies wichtigste Lebensgeschäft in's Reine gebracht. Mütter von 12 und Grossmütter von 25 Jahren sind deshalb im Oriente nicht so selten, und bisweilen wird der Jüngling Vater, ehe seine Erziehung vollendet ist, wobei es später sogar vorkommen kann, dass er mit seinem Buben auf einer Schulbank sitzt. Bekanntlich erlaubt das Gesetz dem Moslem vier Ehefrauen und soviel Nebenfrauen, als er zu ernähren vermag. Der Sultan darf sieben Frauen zur Würde der „Kadinen" erheben. Man kann die vier Frauen sogar auf der Pilgerfahrt und im Pilgergewand heiraten, wie dies der Prophet mit Meimune aus dem Stamme der Hilal gethan.

Die moslemitische Ehe erscheint mehr als ein Civilact, denn als eine religiöse Ceremonie, in welcher der Imam mehr als Magistratsperson, denn als Geistlicher fungirt. Zur Giltigkeit der Ehe sind erforderlich: Erklärung und freie Einwilligung der Ehegatten, Absicht derselben, den Zweck der Ehe zu erfüllen, Abhaltung der Hochzeitsfeier, geistige Gesundheit und Grossjährigkeit. Letztere tritt eigentlich gesetzlich beim männlichen Geschlechte im zwölften und beim weiblichen bereits im neunten Jahre ein, wenn Beide den Zustand ihrer Reife durch Eid bekräftigen, sonst ist das vollendete 15. Jahr für die Grossjährigkeit beider Geschlechter festgesetzt.

Der Koran bestimmt genau, zwischen welchen Personen die Ehe untersagt und keinerlei Dispens ertheilt werden kann. Es sind dies ausser den Verwandten und Verschwägerten auch hauptsächlich die Milchverwandten, wobei es genügt, dass ein Kind nur einen Tropfen von der Brust eines Weibes getrunken, um sofort mit diesem Weibe und dessen Familie in ein Verwandtschaftsverhältniss zu treten, welches fast der Blutsverwandtschaft gleichkommt. Sodann verbietet das Gesetz einem Manne, zwei Schwestern und zwei Basen nebeneinander als Frauen zu haben. Bei den Beduinen hat bekanntlich der Vetter ein Recht auf die Tochter seines väterlichen Onkels, weshalb das Wort Base — „bint' amm" — auch so viel als Frau bedeutet. Begehrt der Vetter das Mädchen, so darf sie keinen Anderen heiraten, und man hat bis da nicht bemerkt, dass die Beduinenstämme von diesen Consanguinitäts-Ehen jene üblen Folgen verspürt hätten, welche wir in solchen Fällen nicht selten zu beklagen haben. Dem Moslem ist des Ferneren die Ehe verboten mit einer Sclavin — wir müssen diesen Begriff trotz der rechtlichen Aufhebung der Sclaverei im Oriente noch festhalten — bevor er sie freigelassen, mit einer Witwe oder geschiedenen Frau vor Ablauf ihrer Trauer- oder respective Wartezeit und endlich einer Heidin, während die Ehe mit Christinnen und Jüdinnen zulässig erscheint, die Frauen sogar ihren Glauben behalten und nur die Kinder Muhamedaner werden. Eine moslemitische Frau darf dagegen keinen Andersgläubigen heiraten.

Bezüglich der Wahl einer Frau sagen die Türken: „Nimm den Stoff nach dem Sahlband und die Frau nach der Mutter", die türkischen Mütter, auf der Brautschau für ihre Söhne, legen deshalb auch grossen Werth auf die Bekanntschaft mit der Brautmutter. Sie senden oft auch eine vertraute Matrone, welche den Namen „Prüferin" führt, in die Harems und öffentlichen Bäder auf die Mädchenschau. Indess haben auch unsere Heiratsbureaux mit so manchen zweifelhaften Culturerrungenschaften des Westens bereits seit Längerem im Orient Eingang gefunden. Die moderne Pharaonencapitale besass beispielsweise zu meiner Zeit vornehmlich zwei Firmen, welche die matrimoniale Industrie sammt allen in dies heikle Fach einschlagenden, mehr oder minder erlaubten Geschäften im Grossen betrieben. Nicht weit vom Hause der Väter der heiligen Erde herrschte Teresina hinter verschwiegenen Mauern. Sie ist jetzt todt; die im Christ Verstorbene hatte im Leben allen Propheten gedient und eine erkleckliche Anzahl von Ehen auf dem Gewissen: muselmännische, koptische, levantinische und wilde... Ihre Tochter hat ein schönes Vermögen geerbt, damit nach fränkischer Gepflogenheit einen Mann von Stand erworben und, lebt, wie ich höre, sehr vergnügt in Gemässheit des englischen Sprichwortes: „Glücklich die Kinder, deren Eltern den Strick verdient haben". Das zweite derartige Etablissement befand sich in der Nähe des „Moristan", in einer stockfinsteren Sackgasse und versorgte die muselmännischen Harems der Mittelstände. Es wurde von einem Kopten geleitet, der meist eine Anzahl lebenslustiger Witwen für scheidelustige Rechtgläubige auf Lager hatte.

Es kann hier selbstverständlich nicht meine Absicht sein, auf die Hochzeitsfeierlichkeiten, bei welchen die vornehmen Moslems bekanntlich ihrer Prachtliebe alle Zügel schiessen lassen, des Näheren einzugehen, ich will nur Einzelnes hervorheben. Der Verlobungs- und zugleich Trauungsact findet nie in Gegenwart der Brautleute statt, indem sich beide durch Wekil's, d. h. männliche Stellvertreter vertreten lassen. Von diesen Letzteren wird auch der vom Imam aufgesetzte Ehecontract unterzeichnet, in welchem der Bräutigam seiner Braut die von zwei jederseitigen männlichen Verwandten vereinbarte Mitgift verschreibt. Diese Mitgift, welche so ganz und gar nicht den Intentionen fränkischer Ehespeculanten entspricht, muss der Frau vom Manne in allen Fällen ausbezahlt werden und sollte selbst der Mann vor Vollziehung der Ehe zurücktreten, so bleibt er dennoch für die Hälfte verpflichtet, eine offenbar gegen leichtfertige Eheschliessungen gerichtete Gesetzesbestimmung. Die Frau selbst erhält von den Ihrigen weder Mitgift noch Aussteuer, indem auch diese letztere sowie der Brautkorb dem Manne zur Last fällt, ausgenommen wenn er eine Sclavin heiratet, welche dann meist ausgestattet wird. Dass wir unseren Bräuten noch Geld und Gut mitgeben, um sie los zu werden, erregt bei den Moslemitinen einiges Kopfschütteln; sie haben denn auch von dem „Werth" unserer Mädchen ihre eigenen Begriffe. Das einzige Geschenk, welches der Bräutigam von der Braut und zwar sogleich nach der Verlobungsceremonie erhält, besteht bei reichen Türken in einem schönen Shawl, einem Hemde, zwei perlgestickten Tüchern und einer mit Perlmutter und Schildplatt eingelegten Truhe, welche mit Zuckerkand gefüllt ist.

Die Hochzeiten dauern gewöhnlich eine Woche, von Donnerstag zu Donnerstag, bei vornehmen Personen auch doppelt so lang. Der erste Tag gehört der Verlobung und Trauung, Dinstag ist der Badetag, Mittwoch der Ruhetag und Donnerstag der grosse Tag, an welchem die mit der „Gesichtsbemalung" beginnende Brauttoilette gemacht wird, worauf der Vater seinem Kinde den Brautgürtel umlegt und die Hochzeitsgäste die ganz in einen weiten, goldgestickten Schleier Gehüllte und verschwenderisch Geschmückte nach dem Hause des Bräutigams führen. Der Glanz dieser Aufzüge ist den Besuchern orientalischer Grossstädte genugsam bekannt. In Egypten sind es bisweilen wahre Triumphzüge; der goldgeflammte, bräutliche Baldachin, der Schwarm von Musikanten, Tänzerinnen, Gauklern, Bettelderwischen und anderem schau- und bagschichlüsternem Gesindel, die silbergeschirrten Kameele mit den Herrlichkeiten des „Brautkorbes", der seidenrauschende Mohrentross auf seinen feisten Maulthieren, die Fackel- und Palankinträger und endlich die ganze Sippe der Braut auf reichgezäumten Kleppern und Grauthieren, alles dies gibt ein echt orientalisches, prächtig staffirtes Lebensbild.

Noch eigenartiger, wenn auch weniger glanzvoll, gestaltet sich dasselbe in der Wüste am Tage der Brautentführung, wo, wie der Beduine sagt, das „Pulver grollt". Wie sie daherbrausen, die wilden Brautreiter, in Goldstaub und Pulverdampf gehüllt! Die Lust loht ihnen aus allen Poren und der langgezogene Liebesruf jauchzt durch die Wüste. Die Beduinenmatrone aber im Zelte drinnen spricht also zur Braut: „Mein Kind, sei eine Sclavin deinem Manne, wenn du willst, dass er dein Diener sei. Erhalte und überwache ihm Haus und Habe. Sei genügsam und lege deinem Begehren Zügel an. Gewähre ihm nur, wenn Euer beider Wünsche sich begegnen. Wach' ohne Unterlass über dich und hüte dich, dass er etwas wahrnehme, was sein Auge beleidige. Der Kamm ist der beste Haarschmuck, Wasser der beste Wohlgeruch. Wach' über seine Nahrung und sei still in der Nacht; Hunger macht heftig und Schlaflosigkeit erzeugt üble Laune. Rede nicht, wenn du schweigen und schweige nicht, wenn du reden sollst. Sei ein Grab für deines Mannes Geheimnisse, doch wie eine Quelle spiegle sein ganzes Wesen wieder, heiter, wenn er heiter, traurig, wenn er traurig. Im Namen des allbarmherzigen Erbarmers zieh' nun in Frieden in dein Zelt ein!" Es sind diese zehn Gebote der Ehe zwar nur beduinische Lebensweisheit, aber mir scheinen sie Lebensgold.

In den Städten empfängt der Bräutigam seine Zukünftige im Thorweg, um sie in's festlich geschmückte Brautgemach nach dem Ehrensitze zu geleiten, wobei es die Sitte erheischt, dass er ihr die Hand drücke, zum Zeichen, dass er die Herrschaft im Hause zu führen gedenke. Hierauf begibt er sich in das Selamlik, wo das Hochzeitsmahl stattfindet, nach dessen Beendigung er wieder in's Brautgemach zurückkehrt. Ist er noch jung und unverheiratet, dann will es in Egypten der Brauch, dass er sich am letzten Abende äusserst schüchtern stelle und von einem Freunde mit Gewalt an die Brautthüre tragen lasse. Drinnen legt darauf die Vertrauensdame der Braut Beider Hände ineinander und spricht den Segensspruch. Dann erst ist es, trotz eines Prophetenausspruches, welcher diese Erlaubniss für schon früher ertheilt, dem Bräutigam vergönnt, endlich den Schleier zu lüften, was bei den Wohlhabenden natürlich wieder mit einem Geschenke, „für den Anblick des Gesichtes" genannt, bezahlt werden muss.

Dies die Grundzüge der moslemitischen Hochzeitsfeierlichkeiten, welche sich indess selbstverständlich je nach National- und Localsitte des so völkerbunten muhamedanischen Ländercomplexes wieder modificiren.

Wir nehmen nun vorerst an, der Moslem, den wir soeben verheiratet haben, wolle oder müsse sich mit einer

Frau begnügen; wolle es, weil er seiner Frau von Herzen zugethan oder vielleicht auch die Kosten eines doppelten und dreifachen Hausstandes scheut, oder müsse es, weil ihn eine fatale Klausel des Ehecontractes trotz dem Koran zur Monogamie verurtheilt, nicht mehr und nicht weniger, als ob er ein simpler Ungläubiger wäre. Wird er wortbrüchig, dann tritt für die Frau einer jener seltenen Fälle des Scheidungsrechtes ein, welche ihr das Gesetz zugesteht. Diese antipolygamische Bedingung figurirt jedoch in sehr vielen Ehecontracten, wo die Braut der besseren Classe angehört. Zum geradezu strengen Verbote, seiner Gemalin eine Nebenbuhlerin zu geben, gestaltet sich diese Bedingung für jenen Würdenträger, welchem die hohe Ehre oder vielmehr das hohe Martyrium einer Verschwägerung mit dem grossherrlichen Hause zu Theil wird.

Den moslemitischen Ehegatten macht der Koran sowohl in der zweiten als der dreissigsten Sure gegenseitige Zärtlichkeit zur Pflicht. Der verheiratetste unter den Propheten hat ausserdem auf die verschiedenen ehelichen Zärtlichkeitsäusserungen noch ganz besondere, im Paradiese fällige Gnadenprämien ausgestellt, worüber uns die reizende Aischa einiges Beherzigenswerthe überliefert hat. Sie war wohl in diesem Punkte von einiger Competenz, indem der Prophet so sterblich in sie verliebt gewesen sein soll, dass er selbst in der Moschee während des Gebetes mit ihrem reichen Haare spielte. Nach ihren getreulich aufbewahrten Mittheilungen wird der Gatte, welcher seine Frau durch eine Liebkosung mit der Hand erfreut, von Gott zehn Gnaden erhalten, wenn er seine Gattin an die Brust zieht, mit zwanzig und wenn er sie küsst, gar mit dreissig Gnaden betheilt werden. Man berechne nun die eventuelle Gnadenbilanz eines Ehemannes, welcher von dem Vierfrauenprivileg des Korans ausgiebigen Gebrauch gemacht und in glücklicher vierfacher Ehe gelebt hat!

Indess höher noch als den Kuss der Liebe, von welchem zwar Mohammed behauptet, er könne den Sinn des gläubigsten Mannes bis zum Vergessen der Gottheit verwirren, stellt er den Kuss der Mutter- und Kindesliebe, denn ein solcher Kuss, sprach er einst zur kindergesegneten Kadidschah, sei so süss und herrlich wie ein Kuss an der Pforte des Paradieses ausgetauscht. Hier ist überhaupt jener Punkt, wo sich auch die moslemitische Ehe zu einer ethischen Höhe erhebt. Die Mutter steht im Islam als eine sittlich getragene Gestalt da, vom heiligen Gesetze beschirmt, vom allmächtigen Brauche hochgehalten. „Zu den Füssen einer Mutter liegt das Paradies," lautet eines der schönsten Worte, welche der Inspirirte von Mekka ausgesprochen, denn damit wollte er sagen, dass die Kinder durch Ehrfurcht vor ihrer Mutter die höchste Glückseligkeit zu erlangen vermögen. Die Mutter bewahrt im Islam zumeist das Recht, ihr Kind bei sich zu behalten und zu erziehen, und kann dies Recht nur durch eine zweite Heirat in Folge der Verstossung verscherzen. Die Verwandten der Mutter besitzen vor den Verwandten des Vaters das Vormundschaftsrecht über das Kind. Eine Sclavin, die Mutter geworden, hat damit nicht allein — wenigstens dem Brauche gemäss — ihre Freiheit gewonnen, sondern auch keine Verstossung mehr zu fürchten, und wird in vielen Fällen die Ehefrau ihres früheren Herrn.

Die Liebe zum Kinde ist nämlich das mächtigste Register im Gefühlsleben der Muhamedaner; wo dieses berührt wird, da rauscht ihre Brust in den vollsten Tönen. Unfruchtbarkeit wird denn auch für die Moslemitin fast zum stillen Fluch, und gäbe es selbst im muhamedanischen Oriente ein geselliges Leben wie bei uns, kaum dürfte es, glaube ich, in dieser Gesellschaft Frauen geben, wie bei uns, welche dem weltlichen Orden der Salondamen mit dem Gelübde wo möglich ewiger Kinderlosigkeit beitreten möchten. Die Liebe und Sorgfalt, welche die moslemitischen Mütter auf ihre Kinder verwenden, sind ganz ausserordentlich; das religiöse Gesetz schreibt ihnen das „Stillen" derselben als Pflicht vor und jede Muhamedanerin, von der kaiserlichen Kadine bis zum Weib des armen Hamal herab, hält es für ein grosses Unglück, wenn sie dieser heiligen Pflicht nicht Genüge leisten kann. Warum daher Saud, der Wahabitenkönig, seinen Frauen das Nähren ihrer Kinder verboten hat, dürfte schwer zu erklären sein.

Trotz dieser Sorgfalt jedoch sind die Moslems in Auferziehung ihrer Kinder keineswegs glücklich, indem diese allenthalben einer ganz erschreckenden Mortalität verfallen, welche übrigens kaum, wie man sonst so obenhin anzunehmen beliebt, eine Folge des durch polygamische

Zustände verkommenen Blutes ist, sondern lediglich auf
die irrationelle Ernährung und widersinnige diätetische
Behandlung des zarten Kindes zurückgeführt werden muss.
Am allerschlimmsten ergeht es diesbezüglich, trotz eines
gewissen Fortschrittes, immer noch den Türken. Der
grossherrliche Harem, welcher doch bis da die schönsten und gesündesten Frauen aus dem Kaukasus den Sul-
tanen beigesellt, ist bezüglich der Erhaltung der Kinder —
ich lasse da die abscheuliche, übrigens seit längerer Zeit
verfallene Sitte des Prinzenmordes ausser Spiel — keineswegs glücklicher, so dass beispielsweise von den 23 Kin-
dern des Reformsultans Mahmud es nur sieben über die
erste Kindheit hinausgebracht haben. Uebrigens sind die
türkischen Kinder meist schön und nie verkrüppelt, aber
fast durchgängig etwas säbelbeinig, was bei den arabischen
seltener der Fall ist.

Das moslemitische Religionsgesetz, welches bekanntlich
nicht allein die quintessenzialen Bestimmungen des Staats-
rechtes, des Familiengouvernements und der Sittenpolizeie
sondern auch der geistigen und physischen Gesundheitslehr
enthält, beschäftigt sich sogar auch mit kosmetischen
Fragen. So gestattet es den Ehefrauen zur dauernden
Fesselung ihrer Ehemänner sieben Schönheitsmittel. Einige
darunter sind wohl auch vielen fränkischen Damen nur
allzu bekannt, während andere wieder bei den Moslemitinnen
von gutem Ton seit geraumer Zeit ausser Gebrauch stehen.
Indess genannt mögen sie immerhin werden. Es sind:
Haarlocken auf der Stirne, Schönpflästerchen, rothe und
weisse Schminke, schwarzes Collyrium — eigentlich Russ-
pulver — um die Ränder der Augenlider mit feinem Strich
zu besäumen, was das Weisse des Augapfels stärker hervor-
treten und das Auge grösser, aber allerdings auch starrer
erscheinen lässt, sodann schwarzes Pulver zum Färben der
Augenbrauen und endlich das bekannte Pulver der Henna-
wurzel, wovon das beste aus Mekka bezogen wird, um die
Handflächen, Fusssohlen und Kopfhaare braunroth zu färben;
eine Sitte, welche in letzterer Anwendung wohl zu den
kosmetischen Experimenten des berühmten „Venetianisch-
Blond" der Renaissancezeit Anlass gegeben haben dürfte.

Der Mann ist seiner Frau nach dem Gesetze Unterhalt, abgesonderte Wohnung und alle sechs Monate

einen neuen Anzug schuldig. Was Toilette anbelangt, sind die Ansprüche wohlhabender Moslemitinnen nicht gerade von musterhafter Bescheidenheit, übrigens kann ich ihnen darin die fränkischen Damen gerade auch nicht als Muster der Genügsamkeit hinstellen. Die Muhamedanerin kann ihren Mann gesetzlich zu ihrem Unterhalt zwingen, ja nöthigenfalls zur Befriedigung ihrer Bedürfnisse Schulden auf ihres Mannes Namen machen. Dies Recht erleidet nur dann eine Ausnahme, wenn sie sich den gesetzlichen Weisungen des Mannes widersetzt hat und in Folge dessen von diesem letzteren vor dem Richter und zwei Zeugen als im Zustande der ehelichen Empörung befindlich erklärt worden ist.

Dieselben Unterhaltsverpflichtungen hat nun der Mann selbstverständlich gegen jede seiner Ehefrauen. Kommt also eine zweite Frau in's Haus, dann beginnt das arabische Sprichwort: „Viel Frauen, viel Kosten, viel Aerger", sich zu bewahrheiten. Diese zweite Frau und jede darauf folgende hat ebenfalls Anspruch auf ein abgesondertes Hauswesen oder wenigstens abgesonderte Gemächer mit eigener Bedienung. Die erste Frau nimmt sodann den Titel „Grossfrau" an, während die zweite bei den Arabern „Durrah", d. h. Papagei, genannt wird. Das Beispiel des Propheten schreibt in diesem Falle jedem Moslem volle Gleichheit des Betragens gegen seine Ehefrauen vor und verbietet ihm strengstens jede zärtliche Parteilichkeit. Geht der Mann auf Reisen und kann nicht alle seine Gemalinen mitnehmen, so gibt ihm das Loos seine Begleiterin. Rechtgläubige, welche einer Frau mehr Aufmerksamkeit zuwenden als ihren Gefährtinnen, werden am jüngsten Tage einer ganz besonderen Strafe unterliegen, welcher indess trotz der Vorschrift wohl kein Moslem, der von der Polygamie Gebrauch gemacht, entgehen dürfte, denn selbstverständlich spielt das Favoritenthum in den Harems eine grosse Rolle.

Wie steht es nun aber mit der Freiheit der Frauen nach Aussen? Es ist unleugbar, dass, Manu's Bibel etwa ausgenommen, ein gewisser Zug des ehelichen Misstrauens gegen die Frauen durch die meisten Gesetzbücher des Morgenlandes geht. Confucius sagt, der Geist der Frauen sei wie Quecksilber, ihr Herz wie Wachs; der weise Bidpai,

welchem man die fünf Bücher der vielangefochtenen Hito-
padesa zuschreibt, erklärt alle Frauen, selbst jene der
Götter, für absolut unverlässlich, und glaubt nur an die
Tugend einer unversuchten Frau; der Koran warnt
wiederholt vor Frauenlist, die feiner als das Gespinnst der
Seidenraupe, wobei er besonders die Jüdinnen im Auge hat,
und der Kalif Omar endlich, der arabische Larochefoucauld,
räth dringend ab, einer Frau eine Wohnung mit Terrasse
zu geben oder die Kunst des Schreibens zu lehren. Da
nun der Talmud sich bekanntlich nicht viel vertrauens-
seliger in diesem Punkte zeigt, so hätten wir denn im
Oriente eine entschiedene Neigung, die Frauen wie Schmuck
und Wohlgerüche vor Dieben und Verflüchtigung zu be-
wahren. Im Islam war nun allerdings die freigeborene Frau
eine Zeit lang hinter Gitter und Vorhängen fast gänzlich
verschwunden, während die Sclavinnen ein freigalantes
Leben in den üppigen Kalifenstädten führten, aber seit
Langem ist darin eine bedeutende Lockerung der alten
Sitte eingetreten.

Es herrscht allerdings heute noch für die Harems der
Grossen der Gebrauch einer Sperr- und Oeffnungsstunde
und alle Bewohnerinnen sind einer strengen patriarchalischen
Hausordnung unterworfen, aber sonst steht es den Damen
frei, allerdings mit des Gatten Einwilligung und niemals
ohne Begleitung, andere Harems, öffentliche Spaziergänge,
Belustigungsorte und vornehmlich Bäder zu besuchen, in
welch' letzteren sie sich förmlich häuslich einrichten, sich
frisiren lassen, indem die Badedienerinnen darin grosse
Fertigkeit besitzen, und auch dort speisen, da sie ja bekanntlich auch zu Hause niemals mit ihren Ehemännern an einem
Tische essen. An solchen Tagen geht es dann in den Bädern
oft so ausgelassen lustig her, dass man beim Vorübergehen
das fröhliche Gelächter der armen „Eingesperrten" ver-
nimmt. Empfangen sodann die Frauen zu Hause Besuche
— selbstverständlich nur weibliche — dann bleibt der
Hausherr sogar aus seinem eigenen Harem ausgeschlossen,
was ihm durch ein Paar vor die Haremsthüre gestellte
Pantoffel zu wissen gethan wird. Kein Moslem von gutem
Ton wird eine solcherart verbotene Schwelle zu übertreten
wagen, und thäte er es trotzdem, so würden die Haremswächter das Recht haben, sich sogar thätlich zu widersetzen.

Letzteres findet seine einfache Erklärung darin, dass der Mann die fremden Frauen unverschleiert überraschen könnte, was ja der Koran strengstens verbietet. Eine freigeborene Frau darf sich nämlich nur vor ihrem Gatten, Vater, Schwiegervater, ihren Söhnen, Stiefsöhnen, Brüdern, Milchbrüdern und Neffen ohne Schleier zeigen. Onkel dürfen dagegen ihre Nichten nicht unverschleiert sehen, damit sie ihren Söhnen keine Beschreibung derselben zu machen vermögen, was als unschicklich gelten würde. Bezüglich der männlichen Sclaven und geschlechtslosen Haremswächter ist der Gebrauch strenger als das Gesetz, welches diese Genannten als harmlos betrachtet. Im Allgemeinen ist in Betreff der Verschleierung sowohl als der Zurückgezogenheit der Frauen die türkische und persische Sitte strenger als die arabische und gar beduinische. Bei den niederen Volksclassen, besonders in Egypten, fällt der Schleier mitunter ganz hinweg.

Es hängt übrigens die so uralte und durchaus nicht vom Islam in die Welt gebrachte Schleierfrage auf das Engste mit der Dienstbotenfrage oder vielmehr der oft über Gebühr abgeurtheilten Sclaverei bei den Moslems zusammen. Bei der Strenge des Schleiergesetzes für freigeborene Frauen könnten nämlich die Muhamedaner die Gemächer ihrer Frauen kaum betreten oder müssten darauf verzichten, diesen letzteren weibliche Dienstboten zu halten, wenn diese nicht Sclavinnen wären, welche der Hausherr unverschleiert sehen darf. Dieser Milderungs-, ich will nicht sagen, Entschuldigungsgrund für die Sclaverei wird meines Erachtens den Moslems gemeiniglich nicht genugsam zu Gute gehalten und dabei überdies aus dem Auge gelassen, dass der Zustand der Sclaven im Oriente, ungleich milder und humaner als unter den Römern und Byzantinern, fast ein Adoptionszustand genannt werden kann, welcher die demselben Unterworfenen ja so oft auf die Höhen des Lebens hebt. Sind es doch tscherkessische und circassische Knaben, die im Sclavenhof eine Carrière beginnen, welche bisweilen mit dem Wessirat oder Seraskierat endet! Sind doch die Sultane mit nur wenigen Ausnahmen Söhne von Tscherkessenmädchen, welche als Kinder von Leibeigenen auf dem Stambuler Jessir Bazar angelangt, für das Serail gekauft wurden!

Nicht allein der islamitische Sklavencodex, die Hedaja, beschützt die Sclaven, sondern noch weit mehr der Gebrauch, dieser gewaltigste Sultan im morgenländischen Leben. Das Kind der Sclavin ist rechtmässig und erbfähig wie das der freigeborenen Frau, und man vergesse überhaupt nie, dass der Islam, auf dessen „faule" sociale Verhältnisse wir stolzen Culturträger so geringschätzig herabschauen, im grossen Ganzen jene Kinder in Familienacht, jene lebensentwurzelten Geschöpfe nicht kennt, welche um der Eltern Sünde willen Bastarde heissen und bei uns ein Zehntel der Bevölkerung ausmachen.

Bei den Türken, wo es keine Stammbäume und aristokratischen Vorurtheile gibt, wird die Heirat mit einer Sclavin als keine Mesalliance betrachtet, obwohl die zur Gemalin erhobene Sclavin den freigeborenen Ehefrauen stets den Vorrang einräumen muss. Eigenthümlich ist diesbezüglich die Stellung der kaiserlichen „Kadinen" oder Sultansgenossinnen, welche, weniger als Ehefrauen und mehr als Nebenfrauen, nicht aus dem Sclavenstande heraustreten und sogar ohne Scheidung verstossen werden können, wenn sie nicht Knaben zur Welt gebracht.

Bisweilen kommt es vor, dass moslemitische Mütter weisse Sclavinnen im Kindesalter kaufen und als ihre künftigen Schwiegertöchter sorgfältig erziehen. Glückliche Ehen gibt dies jedoch, wie mir wiederholt versichert worden, nur in seltenen Fällen; die georgischen Mädchen sind meist stumpfen Geistes, gleichgiltig gegen die häuslichen Pflichten, und bringen ihr Leben im Bade und bei der Putztruhe zu, während mir die Tscherkessinnen wieder als dreist, eigensinnig, verschwenderisch und intrigant geschildert worden sind. In den egyptischen und Beduinenharems, wo weisse Sclavinnen nicht gar häufig sind, spielt die schlanke, broncehäutige Abessynierin eine hervorragende Rolle. Sie ist intelligent, hat Anlage zu einer gewissen Schwärmerei, und ist trotzdem jedoch nicht unbrauchbar für das Hauswesen, wie die Europäer in Sudan, welche bisweilen Abessynierinnen heiraten, bezeugen. Im Körperbau gehört sie zu den reizvollsten Frauen des Orientes, wo die Kenner auch grosse Stücke auf diese Mädchen halten. Leider vertragen sie nur schwer eine Verpflanzung in die Fremde und sterben dann meist früh an

Lungenleiden. Die Dienstboten recrutiren sich vornehmlich aus den dunkelhäutigen Racen und werden im Allgemeinen sehr gut behandelt. Nur besteht in einigen grossen Harems, wie auch, so viel ich weiss, im viceköniglichen, der Gebrauch, Negerinnen, welche etwas Werthvolles zerbrochen haben, ein kleines Mal am Arme aufzubrennen. Dieser Gebrauch ist zwar nicht human, aber er hat doch etwas für sich. Selbstverständlich zeichnet man solcherweise niemals die schwarzen Kinderwärterinnen aus Furcht vor dem „bösen Auge".

Heute ist bekanntlich, nachdem der Bey von Tunis mit gutem Beispiel vorangegangen, die Sclaverei im ganzen türkischen Ländercomplexe wenigstens auf dem Papiere aufgehoben. Die factische Abschaffung derselben dürfte sich indess nur sehr allmälig und unter um so grösseren Schwierigkeiten vollziehen, als mit der Lösung dieser Frage die altmoslemitische Familie total aus den Fugen geht und neue sociale Zustände im Osten geschaffen werden.

Im Ganzen sei noch bezüglich des täglichen Lebens in den Harems bemerkt, dass es selbst die vornehmsten Damen nicht verschmähen, an häuslichen Arbeiten vollen Theil zu nehmen, und die goldene Langeweile und sieche Faulenzerei des moslemitischen Frauengemaches desgleichen in die Plunderkammer des fränkischen Vorurtheiles zu verweisen sind. Das Rauchen ist allenthalben, ausgenommen bei den Wahabiten, wo es bekanntlich als Todsünde gilt, Haremssitte, jedoch nur für die verheirateten Damen. In letzterer Zeit hat der feine „papelito" die malerische Nargilla fast gänzlich verdrängt.

Wir werden nun noch Einiges über die Lösung der Ehe zu sagen haben. Das Recht der Scheidung liegt zum beiweitem ausgiebigsten Theile in der Hand des Mannes, welcher seine Frau ohne jeden Grund verstossen kann. So sehr auch dies auf den Koran gestützte Recht wieder durch andere Bestimmungen, sowie auch den Gebrauch beschränkt erscheinen mag, so liegt doch darin der eigentliche wunde Fleck des moslemitischen Eherechtes. Die Frau ihrerseits kann die Scheidung nur dann verlangen, wenn der Mann sie ohne Unterhalt lässt, sie fälschlich der Untreue anklagt und ihr Kind, das sie ihm geboren, nicht anerkennen will, oder vom Glauben abfällt, was indess bekanntlich dem Apostaten immer noch den Hals kostet.

Um eine völlige Lösung des Ehebandes herbeizuführen bedarf es einer dreimaligen Verstossung der Frau. Der Mann sagt: „Mutállaka", d. h. du bist verstossen, und dies genügt. Er bedarf übrigens auch dieser sacramentalen Formel nicht, er kann einfach sagen: „Bedecke dich mit deinem Schleier", oder „suche dir einen anderen Mann", oder schwören, ihr Ehelager zu meiden, und die Frau ist damit verstossen. Es sind überdies alle diese Aeusserungen auch dann rechtsgiltig, wenn der Mann dieselben in trunkenem Zustande thut; nur wenn er krank darniederliegt, sind sie ungiltig. Die Verstossene bleibt nun auf des Mannes Kosten während drei Monaten in ihrem Harem, während welcher Zeit der Mann sie nicht sehen darf, indem eine Liebkosung, ein Kuss, ja wie die schafitischen Schriftgelehrten meinen, nur ein einziger zärtlicher Blick genügt, um die Ehe wieder herzustellen. Spricht der Mann während dieser Frist: „Ich kehre zurück zu dir", dann sind sie wieder verheiratet, lässt er die Frist verstreichen, sind sie geschieden, und der Mann kann die Frau nur dann zurücknehmen, wenn sie indessen nicht geheiratet hat und er ihr zum zweiten Male den ganzen Betrag der im Ehecontracte stipulirten Mitgift verabfolgt. Dasselbe wiederholt sich dann auch bei der zweiten Scheidung, bis die dritte die eheliche Gemeinschaft gänzlich auflöst.

In diesem letzteren Falle gibt es dann nur ein Mittel, die Ehegatten wieder zusammen zu bringen, und dies Mittel ist sehr eigenthümlich. Es muss nämlich die Frau früher in aller Form Rechtens einen Dritten geheiratet haben und dieser gestorben sein oder sie wieder verstossen haben. Dieser Mittelsgatte heisst „Mustahüll" und reducirt sich bisweilen auf einen Strohmann, welcher sich der hinkenden Reue des ersten Ehemannes für Geld und gute Worte zur Verfügung stellt, obschon solch' frommer Betrug durch den Koran strengstens verboten, und der zweite Mann, welcher zu Gunsten des ersten verstösst, mit diesem verflucht wird. Die moslemitischen Richter suchen auch in solchen Fällen einem etwaigen Betrug möglichst auf die Spur zu kommen und bestrafen ihn streng. Dies verhindert übrigens die Männer der ärmeren

Classe, vornehmlich in Egypten, keineswegs, sich vermittelst der Scheidung eine erkleckliche Anzahl von Frauen nacheinander „anzusiegeln", um mich eines mormonischen Ausdrucks zu' bedienen. Die Mitgift ist da meist so gering, dass der Mann auf ständigen Freiersfüssen, aus der Arbeit der einen Frau die Schuld an die andere herausschlägt. Ich könnte übrigens hier ein europäisches Hinterland nennen, wo dies ehelich-bequeme „varium et mutabile" selbst in guten Ständen eine gewisse Rolle spielt. Es gibt dort christliche Scheidungsgerichte, mit so discretionären Vollmachten ausgestattet, dass ein moslemitischer Kadi sie sich nicht elastischer wünschen könnte. Dorthin richten sich bisweilen die Blicke unserer Ehereformatoren, denn jenes Land liegt gerade auf der Schwelle des Orients. Eheliche Untreue soll dort selten sein, doch dies fehlte noch bei Eheleuten, deren Zusammenleben oft kaum nach Monden zählt.

Auch im Islam ist die grosse Sünde gegen die Ehe, jener hässliche Aussatz, der an unserer Gesellschaft frisst, was auch gewisse Schriftsteller sagen mögen, verhältnissmässig selten. Spielt auch der „Kerata" im türkischen Polichinelle-Theater eine grosse und meist sehr anstössige Rolle, so ist er doch im Leben ein seltener Typus, und keinesfalls erscheint er wie bei uns als beneideter Repräsentant lebemännischer Liebeskunst. Es widerstrebt nämlich durchaus dem Würdegefühle des Moslem, eine Frau mit einem Anderen zu theilen.

Der Koran nennt den Ehebruch die „infame Handlung" par excellence und schreibt in der vierten, vornehmlich den Frauen gewidmeten Sure vor, dass man die Schuldigen auf das Zeugniss von vier Personen in ein Haus einschliesse, bis der Tod sie befreie oder Gott ihnen ein Mittel des Heiles verschaffe. Es erinnert dies, wie man sieht, an die vorislamitische Ehebruchstrafe der Einmauerung. Indess in einer späteren Sure, welche das „Licht" heisst, kommen die Schuldigen mit 100 Stockstreichen davon, während die viel grausamere Ueberlieferung wieder die Steinigung verlangt, welche bei den Wahabiten heute noch im Gebrauche steht. Obwohl nun kaum zu bezweifeln, dass in der Tiefe mancher Harems das ehebrecherische Geheimniss im Blute erstickt wird, wenn der Gebieter mächtig genug ist, die Verantwortung auf sich zu nehmen, so wird es das Gesetz doch im Allgemeinen bei einer Körperstrafe bewenden lassen, welche vornehmlich die Frau trifft. Indess hält die moslemitische Moral des Weibes eheliche Untreue nicht sowohl für eine Beschimpfung des Ehemannes, als der Familie der Frau oder des Stifters der Ehe, welchen denn auch oft die Rache zufällt. Diese ist beim Wüstenaraber, welcher die Treue als Grundstein der Familie ansieht, meist tödlich, aber der Fall kommt selten vor, obwohl die Sitte, welche dem Beduinen verbietet, die ganze Nacht in der Frauenabtheilung seines Zeltes zu verbringen, galanten Dieben gefährlichen Spielraum gewährt.

Man hat diesbezüglich in die Sitten einzelner Beduinenstämme viel pikante Romantik und insbesondere eine elastische Gastfreundschaft hineingefabelt, an welche ich keinem Wüstenreisenden zu appelliren rathe. Schleudert dem Wüstenaraber das Wort: „tahan" in's Antlitz und, bei meiner Seele, er stösst Euch sein Messer bis an's Heft in die Brust. Mit demselben Messer aber tödtet er auch, ohne Blutsühnung, den eigenen Vater für Entweihung des Ehebettes.

Und kommt nun endlich der Tod, als letzter Ehelöser, und rafft den Mann hinweg, so trauert die Witwe vier Monde und zehn Tage in ihrem Harem abgeschlossen. Verliert sie ihren Mann auf der Reise, so gebietet ihr das Gesetz, schleunigst heimzukehren, um in ihren Gemächern die Trauerzeit zuzubringen. Kein Geschmeide legt sie an, kein Wohlgeruch erfüllt den Raum, kein Mittel zur Erhöhung ihrer Reize ist ihr erlaubt und sie darf kein rothes noch gelbes Gewand tragen. Nach genannter Frist kann sie einen neuen Bund schliessen oder der Vereinigung mit dem geliebten Manne, der zur Paradiesesfreude eingegangen, entgegenharren. Der Prophet hat ja keineswegs, wie man ihm bisweilen vorwirft, die Frauen aus dem Himmel verwiesen, nur die alten werden nicht hineinkommen, denn der Tag der Ausgleichung wird für alle Frauen zugleich ein Tag der Verjüngung, und das Geschlecht, das uns in dieser Welt das Paradies gegeben, in der anderen Welt in ewigem Jugendreiz paradiesesfähig sein.

Druck von Carl Fromme in Wien.